Hermann Hesse, geboren am 2. Juli 1877 in Calw/Württemberg, ist am 9. August 1962 in Montagnola bei Lugano gestorben.

Vier Jahre Kriegsgefangenenfürsorge lagen hinter ihm, als sich Hesse im Mai 1919 von allen Fesseln seiner bisherigen Existenz befreite und jenseits der Alpen die südliche Landschaft des Tessin als Wahlheimat für sich entdeckte. Seine zwei Jahre zuvor begonnenen autodidaktischen Versuche mit Pinsel und Palette entwickelten sich nun in der neugewonnenen Freiheit und der Farbenfülle des Jahrhundertsommers von 1919 auf geradezu expressive Weise. Vom Tisch gefegt waren beim Schreiben, ebenso wie beim Malen, Rücksichten und Gebundenheiten an Ordnungen, deren Bankrott man erlebt hatte. Statt dessen galt es mit immer kühneren Formen und Farben neue Möglichkeiten und Abenteuer der Wahrnehmung zu erschließen. In der Erzählung »Klingsors letzter Sommer« und den im selben Jahr (allerdings nur in einer limitierten Ausgabe von tausend numerierten Exemplaren) erschienenen »Gedichten des Malers« hat Hesse dieses Erlebnis festgehalten.

»Die zehn Gedichte sind zusammen mit den Bildern, die der Dichter dazu gemalt hat, erstmals im Jahre 1920 erschienen. Die Texte allein kann man in der Gesamtausgabe der Gedichte Hermann Hesses finden; das Entzücken des Einklangs zwischen Wort und Bild muß man aber dauernd entbehren; man kann es jetzt wieder haben in der Neuausgabe der Maler-Verse. Schlagen wir das schmale Buch auf: links ist jeweilen das Bild, rechts daneben stehen die dazugehörigen Verse. Unsere Aufmerksamkeit geht hin und her, vom Bild zum Wort, vom Wort zum Bild. Keins von beiden erobert sich dabei den Vorrang; den Vorrang haben der Geist und die Stimmung, denen Pinsel und Feder dienen... Für Hesse sind Farben keine Zufälle. Jede Farbe ist für ihn eine göttliche Provinz, angefüllt mit Qual und Wonne; sich der Farbe zuwenden, heißt teilhaben am Dauernden.« *Werner Weber*

insel taschenbuch 893

Hermann Hesse

# Gedichte des Malers

# HERMANN HESSE
# GEDICHTE DES MALERS

Zehn Gedichte mit farbigen Zeichnungen
von Hermann Hesse

Insel Verlag

Umschlagabbildung nach einem Aquarell Hermann Hesses
von 1920: *Glasiger Herbsttag.*

insel taschenbuch 893
Erste Auflage 1985
Insel Verlag Frankfurt am Main
Lizenzausgabe mit freundlicher Genehmigung des
Suhrkamp Verlags Frankfurt am Main

Vertrieb durch den Suhrkamp Taschenbuch Verlag
Umschlag nach Entwürfen von Willy Fleckhaus
Satz: Fotosatz Weihrauch, Würzburg
Druck: Nomos Verlagsgesellschaft, Baden-Baden
Printed in Germany

3 4 5 6 – 90 89 88

# HERMANN HESSE
# GEDICHTE DES MALERS

## DER MALER MALT EINE GÄRTNEREI

Was geht die Gärtnerei mich an?
Der Gärtner ist ein fremder und vielleicht ein
böser Mann,
Ich weiß es nicht, ich will ihn nicht sehn,
Wir würden uns nicht verstehn.
Wir mögen Menschen und mögen Brüder sein,
Wir stehen doch allein,
Einer weit vom andern verirrt,
Jeder traurig, weil er älter und einsamer wird.
Auch die Tomaten und Gemüse gehn mich
nichts an,
Nur den Kriegsgewinnler, der sie bezahlen kann.
Und dennoch hält mich die Gärtnerei gefangen,
Ich blicke voll Kinderverlangen
In ihre Wirrnis hinab. Ein Haus
Wächst rosenrot aus Grün heraus,
Lila singt einen zarten Ton,
Blau blickt herüber zum verlorenen Sohn.
Ich muß mich setzen und das alles malen,
Wie schön die Farben strahlen,
Wie still der Baum sein Kindergesicht
Hinunterbeugt und mit sich selber spricht.

Für euch ist das alles zum Lachen,
Alle diese Sachen,
Was ich sehen und malen und dichten muß,
Für euch ist es eine Gärtnerei,
Für mich aber ist es ein Geistergruß
Aus jenem Paradies,
Das ich wie ihr verließ,
Das mir aber immer und immer ruft
Und dessen verzauberter Gartenduft
Mir lieber ist als Gärtner, Tomaten und Geld
Und alles in der Welt.

## ES KOMMT EIN GEWITTER

Der Berg steht schwarz und der Himmel von Stahl,
Alle holde Farbe rinnt
In die letzten besonnten Häuser und Matten,
Dahinter ist alles fahl,
Alles todesbereit und voll Qual und Schatten.
Aber die Sonne spinnt
Noch immer grell und ahnungslos
Ihr Farbenspiel wie ein Kind mit Glasperlen im
Schoß.
Bald kracht alles zusammen,
Bald steht alles in Flammen,
Aber vorher und bis zum letzten Augenblick
Lieg ich mit meinem Farbkasten auf der Lauer,
Male den bleichen Baum und die grellgelbe Mauer,
Folge der blauen Schwärze mit schnellem Blick.
Wie kommt sie bös und geschwind,
Und noch immer kein Wind!
Plötzlich wird Blitz, Regen und Hagel knattern
Und meine ganze Malerei zum Teufel flattern,
Dann wird alles erlöschen und untergehn –
Augen, trinket die Farben in euch hinein!
Morgen vielleicht wird schon Herbstwind wehn,
Ach und kein Sommer mehr sein.

## MALERFREUDE

Äcker tragen Korn und kosten Geld,
Wiesen sind von Stacheldraht umlauert,
Notdurft sind und Habsucht aufgestellt,
Alles scheint verdorben und vermauert.

Aber hier in meinem Auge wohnt
Eine andre Ordnung aller Dinge,
Violett zerfließt und Purpur thront,
Deren unschuldvolles Lied ich singe.

Gelb zu Gelb, und Gelb zu Rot gesellt,
Kühle Bläuen rosig angeflogen!
Licht und Farbe schwingt von Welt zu Welt,
Wölbt und tönt sich aus in Liebeswogen.

Geist regiert, der alles Kranke heilt,
Grün klingt auf aus neugeborener Quelle,
Neu und sinnvoll wird die Welt verteilt,
Und im Herzen wird es froh und helle.

## HÄUSER, FELDER, GARTENZAUN

Liebe Häuser, lieber Gartenzaun,
Weiher, Feld und Wiese, Straßenschlange,
Gelber Hügel, Äcker rot und braun,
Fett erblühte Telegraphenstange,
Müßt auch ihr, ihr alle, einst vergehn,
Sterben, modern, faulen, schwinden,
Hingemäht, verblasen von den Winden,
Und die gute Sonne nimmer sehn?
Baum, du Freund, wirst denn auch du zu Staub,
Fensterladen grün und rote Dächer?
O so rauscht doch heut noch Halm und Laub,
Glüht noch heut der volle Liebesbecher!
Trinken will ich euch, geht in mich ein,
Gras und See und Palme will ich sein!
Warum bin ich so von euch geschieden?
Lügt ihr? Seid ihr selig? Habt ihr Frieden?
Bin nur ich allein vom Brand verzehrt,
Der so süß und heiß und schmerzend loht,
Der mir Taumel gibt und Frieden wehrt,
Leide ich allein an Zeit, an Angst, an Tod?!
O ihr schweigt, ihr mahnt mich ohne Wort:
Leide, male, dichte, lebe fort!
Trinke uns und laß uns trinken dich,
Ehe dir und uns der Tag verblich!

Hesse

## REBHÜGEL, SEE UND BERGE

Du, See, hast mich gebadet und gebräunt,
Du, Weinberg, reifst mir Trunkenheit
Für künftige Sommer,
Ihr, Berge, schützet mich wie Mutterarm,
Wenn mich das Fernweh in die Welt ergreift.
In dir, du Wald, bläst nachts der Eulenruf
Mir Predigt der Vergänglichkeit ins Herz,
Das doch nicht sterben will,
Das doch so lang, das ewig leben muß,
Denn dich, o Wald, will ich einmal
Am Morgen, wenn der Tau noch duftet,
Dem schönsten Weibe zeigen, das ich liebe
Und dem ich dich, mein lieber Wald, versprach.

## DER MALER MALT EINE FABRIK IM TAL

Du auch bist schön, Fabrik im grünen Tal,
Ob auch verhaßter Dinge Sinnbild und Heimat:
Jagd nach Geld, Sklaverei, düstre Gefangenschaft.
Du auch bist schön! Oft erfreut
Deiner Dächer zärtliches Rot mir das Auge
Und dein Mast, deine Fahne: das stolze Kamin!
Sei gegrüßt auch du und geliebt,
Holdes verschossenes Blau an ärmlichen Häusern,
Wo es nach Seife, nach Bier und nach Kindern
riecht!
In der Wiesen Grün, in das Violett der Äcker
Spielt das Häusergeschachtel und Dächerrot
Freudig hinein, freudig und doch auch zart,
Bläsermusik, Oboe und Flöte verwandt.
Lachend tauch ich den Pinsel in Lack und
Zinnober.
Wische über die Felder mit staubigem Grün,
Aber schöner als alles leuchtet das rote Kamin,
Senkrecht in diese törichte Welt gestellt,
Ungeheuer stolz, ebenso schön wie lächerlich,
Zeiger an eines Riesen kindlicher Sonnenuhr.

## BLICK NACH ITALIEN

Über dem See und hinter den rosigen Bergen
Liegt Italien, meiner Jugend gelobtes Land,
Meiner Träume vertraute Heimat.
Rote Bäume sprechen vom Herbst.
Und im beginnenden Herbst
Meines Lebens sitz ich allein,
Schaue der Welt ins schöne grausame Auge,
Wähle Farben der Liebe und male sie,
Die so oft mich betrog,
Die ich immer und immer noch liebe.
Liebe und Einsamkeit,
Liebe und unerfüllbare Sehnsucht
Sind die Mütter der Kunst;
Noch im Herbst meines Lebens
Führen sie mich an der Hand,
Und ihr sehnliches Lied
Zaubert Glanz über See und Gebirg
Und die abschiednehmende, schöne Welt.

## GESTUTZTE EICHE

Wie haben sie dich, Baum, verschnitten,
Wie stehst du fremd und sonderbar!
Wie hast du hundertmal gelitten,
Bis nichts in dir als Trotz und Wille war!
Ich bin wie du, mit dem verschnittnen,
Gequälten Leben brach ich nicht
Und tauche täglich aus durchlittnen
Roheiten neu die Stirn ins Licht.
Was in mir weich und zart gewesen,
Hat mir die Welt zu Tod gehöhnt,
Doch unzerstörbar ist mein Wesen,
Ich bin zufrieden, bin versöhnt,
Geduldig neue Blätter treib ich
Aus Ästen hundertmal zerspellt,
Und allem Weh zu Trotze bleib ich
Verliebt in die verrückte Welt.

## WINTERTAG

O wie schön das Licht
Heut im Schnee verblüht,
O wie zart die rosige Ferne glüht! –
Aber Sommer, Sommer ist es nicht.

Du, zu der mein Lied allstündlich spricht,
Ferne Brautgestalt,
O wie zart mir deine Freundschaft strahlt! –
Aber Liebe, Liebe ist es nicht.

Lang muß Mondenschein der Freundschaft blühn,
Lange muß ich stehn im Schnee,
Bis einst du und Himmel, Berg und See
Tief im Sommerbrand der Liebe glühn.

## SEETAL IM FEBRUAR

O dünne Sonnenluft im Februar!
Braun schleicht und gelb der fahle Strand dahin,
See starrt und Himmel glasig kühl und klar,
In Trauerzügen kahle Bäume ziehn.

Ach, graue Haare fand ich jüngst im Bart!
Alt wird und müd, was einst so hell gebrannt,
Zu Ende neigt, o Maler, deine Fahrt
Und führt durch Friedhofluft und Winterland.

Doch leis im Nacken brennt die Sonne schon,
Die zärtlich mir vom künftigen Sommer singt:
Noch einmal schreite glühend und beschwingt
Durch einen Sommer, du verlorener Sohn!

## *Zeittafel*

1877 geboren am 2. Juli in Calw/Württemberg als Sohn des baltischen Missionars und späteren Leiters des »Calwer Verlagsvereins« Johannes Hesse (1847–1916) und dessen Frau Marie verw. Isenberg, geb. Gundert (1842–1902), der ältesten Tochter des namhaften Indologen und Missionars Hermann Gundert.

1881-1886 wohnt Hesse mit seinen Eltern in Basel, wo der Vater bei der »Basler Mission« unterrichtet und 1883 die Schweizer Staatsangehörigkeit erwirbt (zuvor: russische Staatsangehörigkeit).

1886-1889 Rückkehr der Familie nach Calw (Juli), wo Hesse das Reallyzeum besucht.

1890-1891 Lateinschule in Göppingen zur Vorbereitung auf das Württembergische Landesexamen (Juli 1891), der Voraussetzung für eine kostenlose Ausbildung zum ev. Theologen im »Tübinger Stift«. Als staatlicher Schüler muß Hesse auf sein Schweizer Bürgerrecht verzichten. Deshalb erwirbt ihm der Vater im November 1890 die württembergische Staatsangehörigkeit (als einzigem Mitglied der Familie).

1891-1892 Seminarist im ev. Klosterseminar Maulbronn (ab Sept. 1891), aus dem er nach 7 Monaten flieht, weil er »entweder Dichter oder gar nichts werden wollte«.

1892 bei Christoph Blumhardt in Bad Boll (April bis Mai); Selbstmordversuch (Juni), Aufenthalt in der Nervenheilanstalt Stetten (Juni–August). Aufnahme in das Gymnasium von Cannstatt (Nov. 1892), wo er

1893 im Juli das Einjährig-Freiwilligen-Examen (Obersekundareife) absolviert. »Werde Sozialdemokrat und laufe ins Wirtshaus. Lese fast nur Heine, den ich sehr nachahmte.« Im Oktober Beginn einer Buchhändlerlehre in Esslingen, die er aber schon nach drei Tagen aufgibt.

1894–1895 als Praktikant 15 Monate lang in der Calwer Turmuhrenfabrik Perrot. Plan, nach Brasilien auszuwandern.

1895-1898 Buchhändlerlehre in Tübingen (Buchhandlung Heckenhauer). 1896 erste Gedichtpublikation in »Das deutsche Dichterheim«, Wien. Die erste Buchpublikation *Romantische Lieder* erscheint im Oktober 1898.

1899 Beginn der Niederschrift eines Romans *Schweinigel* (Manuskript noch nicht aufgefunden). Der Prosaband *Eine Stunde hinter Mitternacht* erscheint im Juni bei Diederichs, Jena.
Im September Übersiedlung nach Basel, wo Hesse bis Januar 1901 als Sortimentsgehilfe in der Reich'schen Buchhandlung beschäftigt ist.

1900 beginnt er für die »Allgemeine Schweizer Zeitung« Artikel und Rezensionen zu schreiben, die ihm mehr noch als seine Bücher »einen gewissen lokalen Ruf machten, der mich im gesellschaftlichen Leben sehr unterstützte«.

1901 Von März bis Mai erste Italienreise.
Ab August 1901 (bis Frühjahr 1903) Buchhändler im Basler Antiquariat Wattenwyl.
Die *Hinterlassenen Schriften und Gedichte von Hermann Lauscher* erscheinen im Herbst bei R. Reich.

1902 *Gedichte* erscheinen bei Grote, Berlin, seiner Mutter gewidmet, die kurz vor Erscheinen des Bändchens stirbt.

1903 Nach Aufgabe der Buchhändler- und Antiquariatsstellung zweite Italienreise, gemeinsam mit Maria Bernoulli, mit der er sich im Mai verlobt. Kurz davor Abschluß der Niederschrift des *Camenzind*-Manuskripts, das Hesse auf Einladung des S. Fischer Verlags nach

Berlin sendet. Ab Oktober (bis Juni 1904) u. a. Niederschrift von *Unterm Rad* in Calw.

1904 *Peter Camenzind* erscheint bei S. Fischer, Berlin. Eheschließung mit Maria Bernoulli und Umzug nach Gaienhofen am Bodensee (Juli) in ein leerstehendes Bauernhaus. Freier Schriftsteller und Mitarbeiter an zahlreichen Zeitungen und Zeitschriften (u. a. »Die Propyläen«, d.i. »Münchner Zeitung«; »Die Rheinlande«; »Simplicissimus«; »Der Schwabenspiegel«, d.i. »Württemberger Zeitung«). Die biographischen Studien *Boccaccio* und *Franz von Assisi* erscheinen bei Schuster & Loeffler, Berlin und Leipzig.

1905 im Dezember Geburt des Sohnes Bruno.

1906 *Unterm Rad* (1903–1904 entstanden) erscheint bei S. Fischer, Berlin. Gründung der liberalen, gegen das persönliche Regiment Wilhelms II. gerichteten Zeitschrift »März« (Verlag Albert Langen, München), als deren Mitherausgeber Hesse bis 1912 zeichnet.

1907 *Diesseits* (Erzählungen) erscheint bei S. Fischer, Berlin. In Gaienhofen baut und bezieht Hesse ein eigenes Haus »Am Erlenloh«.

1908 *Nachbarn* (Erzählungen) erscheint bei S. Fischer, Berlin.

1909 im März Geburt des zweiten Sohnes Heiner.
*Gertrud* (Roman) erscheint bei A. Langen, München.

1911 im Juli Geburt des dritten Sohnes Martin
*Unterwegs* (Gedichte) erscheint bei Georg Müller, München; Sept. bis Dez. Indienreise mit dem befreundeten Maler Hans Sturzenegger.

1912 *Umwege* (Erzählungen) erscheint bei S. Fischer, Berlin. Hesse verläßt Deutschland für immer und übersiedelt mit seiner Familie nach Bern in das Haus des verstorbenen befreundeten Malers Albert Welti.

1913 *Aus Indien*. Aufzeichnungen einer indischen Reise, erscheint bei S. Fischer, Berlin.

1914 *Roßhalde* (Roman) erscheint im März bei S. Fischer, Berlin.
Bei Kriegsbeginn meldet sich Hesse freiwillig, wird aber als dienstuntauglich zurückgestellt und 1915 der Deutschen Gesandtschaft in Bern zugeteilt, wo er von nun an im Dienst der »Deutschen Gefangenenfürsorge« bis 1919 Hunderttausende von Kriegsgefangenen und Internierten in Frankreich, England, Rußland und Italien mit Lektüre versorgt, Gefangenenzeitschriften (z. B. die »Deutsche Interniertenzeitung«) herausgibt, redigiert und 1917 einen eigenen Verlag für Kriegsgefangene (»Verlag der Bücherzentrale für deutsche Kriegsgefangene«) aufbaut, in welchem bis 1919 22 von H.H. edierte Bände erscheinen.
Zahlreiche politische Aufsätze, Mahnrufe, offene Briefe etc. in deutschen, schweizerischen und österreichischen Zeitungen und Zeitschriften.

1915 *Knulp*. Drei Geschichten aus dem Leben Knulps (Teilvorabdruck bereits 1908), erscheint bei S. Fischer, Berlin.
*Am Weg* (Erzählungen) erscheint bei Reuß & Itta, Konstanz.
*Musik des Einsamen*. Neue Gedichte, erscheint bei Eugen Salzer, Heilbronn.
*Schön ist die Jugend* (Erzählungen) erscheint bei S. Fischer, Berlin.

1916 Tod des Vaters, beginnende Schizophrenie seiner Frau und Erkrankung des jüngsten Sohnes führen zu einem Nervenzusammenbruch Hesses. Erste psychotherapeutische Behandlung durch den C. G. Jung-Schüler J. B. Lang bei einer Kur in Sonnmatt bei Luzern. Gründung der »Deutschen Interniertenzeitung« und des »Sonntagsboten für die deutschen Kriegsgefangenen«.

1917 wird Hesse nahegelegt, seine zeitkritische Publizistik

zu unterlassen. Erste pseudonyme Zeitungs- und Zeitschriftenpublikationen unter dem Decknamen Emil Sinclair. Niederschrift des *Demian* (Sept. bis Okt.).

1919 Die politische Flugschrift *Zarathustras Wiederkehr*. Ein Wort an die deutsche Jugend von einem Deutschen, erscheint anonym im Verlag Stämpfli, Bern.
Auflösung des Berner Haushalts (April). Trennung von seiner in einer Heilanstalt internierten Frau. Unterbringung der Kinder bei Freunden. Im Mai Übersiedlung nach Montagnola/Tessin in die Casa Camuzzi, die er bis 1931 bewohnt.
*Kleiner Garten*. Erlebnisse und Dichtungen, erscheint bei E. P. Tal & Co., Wien und Leipzig.
*Demian*. Die Geschichte einer Jugend, erscheint bei S. Fischer, Berlin, unter dem Pseudonym Emil Sinclair.
Die Sammlung *Märchen* erscheint bei S. Fischer, Berlin.
Gründung und Herausgabe der Zeitschrift »Vivos voco«, Für neues Deutschtum (Leipzig und Bern).

1920 *Gedichte des Malers*, Zehn Gedichte mit farbigen Zeichnungen, und die Dostojewski-Essays u.d.T. *Blick ins Chaos* erscheinen im Verlag Seldwyla, Bern.
*Klingsors letzter Sommer* (Erzählungen) erscheint bei S. Fischer, Berlin; danach, ebenfalls bei S. Fischer, *Wanderung*. Aufzeichnungen mit farbigen Bildern vom Verfasser.
*Zarathustras Wiederkehr*, Neuauflage bei S. Fischer, diesmal unter Angabe des Autors.

1921 *Ausgewählte Gedichte* erscheinen bei S.Fischer, Berlin.
Krise mit fast anderthalbjähriger Unproduktivität zwischen der Niederschrift des ersten und des zweiten Teils von *Siddhartha*. Psychoanalyse bei C.G. Jung in Küsnacht bei Zürich.
*Elf Aquarelle aus dem Tessin* erscheint bei O.C. Recht, München.

1922 *Siddhartha*. Eine indische Dichtung, erscheint bei S. Fischer, Berlin.

1923 *Sinclairs Notizbuch* erscheint bei Rascher, Zürich. Erster Kuraufenthalt in Baden bei Zürich, das er fortan (bis 1952) alljährlich im Spätherbst aufsucht. Die Ehe mit Maria Bernoulli wird geschieden (Juni).

1924 Hesse wird wieder Schweizer Staatsbürger. Bibliotheks- und Vorbereitungsarbeiten an seinen Herausgeberprojekten in Basel. Heirat mit Ruth Wenger, Tochter der Schriftstellerin Lisa Wenger. Ende März Rückkehr nach Montagnola. *Psychologia Balnearia* oder Glossen eines Badener Kurgastes, erscheint als Privatdruck; ein Jahr später als erster Band in der Ausstattung der »Gesammelten Werke in Einzelausgaben« u.d.T.:

1925 *Kurgast* bei S. Fischer, Berlin. Lesereise u.a. nach Ulm, München, Augsburg, Nürnberg (im November).

1926 *Bilderbuch* (Schilderungen) erscheint bei S. Fischer, Berlin. Hesse wird als auswärtiges Mitglied in die Sektion für Dichtkunst der Preußischen Akademie der Künste gewählt, aus der er 1931 austritt: »Ich habe das Gefühl, beim nächsten Krieg wird diese Akademie viel zur Schar jener 90 oder 100 Prominenten beitragen, welche das Volk wieder wie 1914 im Staatsauftrag über alle lebenswichtigen Fragen belügen werden.«

1927 *Die Nürnberger Reise* und *Der Steppenwolf* erscheinen bei S. Fischer, Berlin, gleichzeitig – zum 50. Geburtstag Hesses – die erste Hesse-Biographie (von Hugo Ball). Auf Wunsch seiner zweiten Frau Ruth Scheidung der 1924 geschlossenen Ehe.

1928 *Betrachtungen* und *Krisis*. Ein Stück Tagebuch, erscheinen bei S. Fischer, Berlin, letzteres in einmaliger, limitierter Auflage.

1929 *Trost der Nacht*. Neue Gedichte, erscheint bei S.

Fischer, Berlin; *Eine Bibliothek der Weltliteratur* als Nr. 7003 in Reclams Universalbibliothek bei Reclam, Leipzig.

1930 *Narziß und Goldmund* (Erzählung) erscheint bei S. Fischer, Berlin.

1931 Umzug innerhalb Montagnolas in ein neues, ihm auf Lebzeiten zur Verfügung gestelltes Haus, das H.C. Bodmer für ihn gebaut hat. Eheschließung mit der Kunsthistorikerin Ninon Dolbin, geb. Ausländer, aus Czernowitz.
*Weg nach innen*. Vier Erzählungen (»Siddhartha«, »Kinderseele«, »Klein und Wagner«, »Klingsors letzter Sommer«), erscheint als preiswerte und auflagenstarke Sonderausgabe bei S. Fischer, Berlin.

1932 *Die Morgenlandfahrt* erscheint bei S. Fischer, Berlin.

932-1943 Entstehung des *Glasperlenspiels*.

1933 *Kleine Welt* (Erzählungen aus »Nachbarn«, »Umwege« und »Aus Indien«, leicht bearbeitet) erscheint bei S. Fischer, Berlin.

1934 Hesse wird Mitglied des Schweizerischen Schriftstellervereins (zwecks besserer Abschirmung von der NS-Kulturpolitik und effektiverer Interventionsmöglichkeiten für die emigrierten Kollegen).
*Vom Baum des Lebens* (Ausgewählte Gedichte) erscheint im Insel Verlag, Leipzig.

1935 *Fabulierbuch* (Erzählungen) erscheint bei S. Fischer, Berlin.
Politisch erzwungene Teilung des S. Fischer Verlags in einen reichsdeutschen (von Peter Suhrkamp geleiteten) Teil und den Emigrationsverlag von Gottfried Bermann Fischer, dem die NS-Behörden nicht erlauben, die Verlagsrechte am Werk Hermann Hesses mit ins Ausland zu nehmen.

1936 läßt Hesse dennoch seine Hexameterdichtung *Stun-*

*den im Garten* in Bermann Fischers Exil-Verlag in Wien erscheinen.
Im September erste persönliche Begegnung mit Peter Suhrkamp.

1937 *Gedenkblätter* und *Neue Gedichte* erscheinen bei S. Fischer, Berlin.
*Der lahme Knabe*, ausgestattet von Alfred Kubin, erscheint als Privatdruck in Zürich.

1939-1945 gelten Hesses Werke in Deutschland für unerwünscht. »Unterm Rad«, »Der Steppenwolf«, »Betrachtungen«, »Narziß und Goldmund« und »Eine Bibliothek der Weltliteratur« dürfen nicht mehr nachgedruckt werden.
Die von S. Fischer begonnenen »Gesammelten Werke in Einzelausgaben« müssen deshalb in der Schweiz, im Verlag Fretz & Wasmuth, fortgesetzt werden.

1942 Dem S. Fischer Verlag, Berlin, wird die Druckerlaubnis für *Das Glasperlenspiel* verweigert. *Die Gedichte*, erste Gesamtausgabe von Hesses Lyrik, erscheinen bei Fretz & Wasmuth, Zürich.

1943 *Das Glasperlenspiel*. Versuch einer Lebensbeschreibung des Magister Ludi Josef Knecht samt Knechts hinterlassenen Schriften. Herausgegeben von Hermann Hesse, erscheint bei Fretz & Wasmuth, Zürich.

1944 Die Gestapo verhaftet Peter Suhrkamp, Hesses Verleger.

1945 *Berthold*, ein Romanfragment, und *Traumfährte* (Neue Erzählungen und Märchen) erscheinen bei Fretz & Wasmuth, Zürich.

1946 *Krieg und Frieden* (Betrachtungen zu Krieg und Politik seit dem Jahr 1914) erscheint bei Fretz & Wasmuth, Zürich. Danach können Hesses Werke auch in Deutschland wieder gedruckt werden, zunächst im »Suhrkamp Verlag vorm. S. Fischer« (ab 1951 dann im

Suhrkamp Verlag, Frankfurt am Main). Goethe-Preis der Stadt Frankfurt am Main. Nobel-Preis.

1950 Hesse ermutigt und ermöglicht Peter Suhrkamp, einen eigenen Verlag zu gründen, der im Juli eröffnet wird.

1951 *Späte Prosa* und *Briefe* erscheinen bei Suhrkamp, Frankfurt am Main.

1952 *Gesammelte Dichtungen* in sechs Bänden als Festgabe zu Hesses 75. Geburtstag erscheinen bei Suhrkamp, Frankfurt am Main.

1954 *Piktors Verwandlungen.* Ein Mächen, faksimiliert, erscheint bei Suhrkamp, Frankfurt am Main.
Der *Briefwechsel: Hermann Hesse – Romain Rolland* erscheint bei Fretz & Wasmuth, Zürich.

1955 *Beschwörungen,* Späte Prosa/Neue Folge, erscheint bei Suhrkamp, Frankfurt am Main. Friedenspreis des Deutschen Buchhandels.

1956 Stiftung eines Hermann-Hesse-Preises durch die Förderungsgemeinschaft der deutschen Kunst Baden-Württemberg e.V.

1957 *Gesammelte Schriften* in sieben Bänden, erscheinen bei Suhrkamp.

1961 *Stufen,* alte und neue Gedichte in Auswahl, erscheint bei Suhrkamp.

1962 *Gedenkblätter* (um fünfzehn Texte erweitert gegenüber der 1937 erschienenen Ausgabe) erscheint bei Suhrkamp.
9. August: Tod Hermann Hesses in Montagnola.

*Inhalt*


9 Der Maler malt eine Gärtnerei
13 Es kommt ein Gewitter
15 Malerfreude
17 Häuser, Felder, Gartenzaun
19 Rebhügel, See und Berge
21 Der Maler malt eine Fabrik im Tal
23 Blick nach Italien
25 Gestutzte Eiche
27 Wintertag
29 Seetal im Februar

31 Zeittafel

Der Text folgt der Ausgabe: Hermann Hesse,
*Die Gedichte 1892–1962.*
Herausgegeben von Volker Michels.
Suhrkamp Verlag, Frankfurt am Main 1977.
Erstausgabe: Hermann Hesse, *Gedichte des Malers.*
Verlag Seldwyla, Bern 1920.